KB133234

Hello 시조 2

/여러분을 국민회원으로 모십니다/

시조는 천여 년의 역사를 가진 우리 민족의 전통 정형시가입니다. 그러나 아직 뿌리를 내리지 못하고 국민으로부터 외면 받고 있습니다. 이에 세계시조시인포럼은 시조의 국민화, 세계화를 위해 모든 국민을 회원으로 모셔서 시조의 맛과 멋을 함께 나누고자 합니다. 부디 많은 참여로 우리 민족의 얼을 더 높일 수 있는 기회가 되길 원합니다.

국민회원 가입 안내_____

대상 : 전 국민
방법 : 입회원서 및 후원금 입금(구좌당 5,000원)
혜택 : 세계시조시인포럼이 주최하는 모든 행사에 우선 초대
　　　　발간되는 책과 시조 관련 정보 등을 공유
접수, 문의 : 경기도 김포시 신곡로 48, 510동 803호(월드메르디앙)
　　　　세계시조시인포럼 대표 최연근
　　　　root47@kbs.co.kr / 010-3864-9388

세계시조시인포럼 대표 최연근

바르고 아름다운 현대시조 100선

Hello 시조 2

세계시조시인포럼 Vol.006

최연근 엮음

고요아침

| 국민 속에 피는 시조꽃 |

최연근

세계시조시인포럼 대표

〈Hello 시조〉가 국민에게 두 번째 인사를 드립니다.

세계시조시인포럼은 국민들에게 쉽고 아름다운 시조를 널리 알려 그 아름다움을 함께 나눔으로써 민족의 정형시 시조의 자존감을 더 높이기 위해 〈Hello 시조〉를 발행하고 있습니다. 1집(2015년 발행)에 이어 두 번째 국민들에게 내놓습니다. 이 책은 문득 보고 싶고 만져 보고 싶은 시조, 보면 볼수록 가슴 속에 젖어드는 시조, 더 가까이 가면 감동으로 다가오는 시조, 그래서 자주 자주 보고 싶고 곁에 두고 싶은 시조로 엮었습니다.

시조는 뿌리 깊은 나무입니다.

고려 중기에 태동해 후기부터 뿌리를 내리기 시작한 시조는 지금까지 천여 년의 역사만큼 깊숙이 뿌리를 내려 어떤 비바람에도 흔들리지 않습니다. 그 뿌리 깊은 나무는 3장 6구 12음보 45자 내외의 정형이라는 멋을 부려 가지를 치고 스스로 우러나오는 운율의 맛으로 잎을 피웠습니다. 맛과 멋으로 치장한 시조는 아직도 열매를 맺지 못하고 있습니다. 그것은 꽃을 피우지 못하고 있기 때문입니다. 그렇습니다. 시조는 깊은 뿌리만큼의 역사를 가졌어도 열매는커녕 아직 꽃조차 피우지 못하고 있습니다. 만시지탄이지만 이제 꽃을 피워야 합니다. 그렇게 하기 위해 물도 주고 거름도 주고 따사한 햇살도 비춰야 하는 관심과 사랑이 있어야 합니다. 국민의 관심과 사랑이 곧 물이며 거름이며 햇살입니다. 국민으로부터 꽃을 피우고 열매를 맺는 시조입니다.

온 국민이 회원입니다.

세계시조시인포럼은 '국민과 함께 세계인과 함께' 합니다. 우리 민족의 긍지이며 가장 한국적이고 세계적인 문학적 가치인 시조가 천여 년이라는 역사 속에 머물지 말고 국민은 물론 세계인과 공유하며 그 가치를 높이 평가 받기 바라는 꿈을 버리지 않고 있습니다. 먼저 온 국민을 시조 애독자 회원으로 모시는 꿈입니다. 현재 세계시조시인포럼 국민회원의 수가 날로 늘어나고 있음이 그 꿈의 실행입니다. 국민회원과 아울러 세계회원의 꿈도 이루어질 것입니다.

국민과 함께 할 것입니다.

〈Hello 시조 2〉는 국민 여러분의 책입니다. 국민이 원하는 곳이면 어디라도 찾아 갈 것입니다. 방송을 통해 국민에게 다가갈 것이며 지하철 등 공공장소나 병원, 은행 등 공공시설 그리고 거리에서 국민과 소통하며 시조의 아름다움을 흠뻑 나눌 것입니다.

■ 차례

일러두기

—

· 형식과 규격은 동일성을 위해 1집(2015년 발행)을 기준으로 했습니다.
· 수록된 작품은 시조시인의 '저작물 이용 및 방송'에 대한 동의를
  얻었습니다.
· 작품에 따라 방송에 인용됩니다.
· 약력은 말미에 배치했습니다.
· 편집 순서는 제목 가나다 순으로 했습니다.
· 이 책은 세계시조시인포럼 국민회원에게 우선 배포됩니다.

바르고 아름다운 현대시조 100선

Hello 시조 2

가랑비동동

최영효

경상도 갈강비는 시숙 속곳만 적시고요

전라도 싸락비는 각설이 품바 떨거지고요

강원도 가스랑비는 감자 불알만 키우네요

제주도 줌뱅이비는 닐모리동동 애긋고요

충청도 이시랭이는 무심천만 헛딛는데요

함경도 싸그랑비는 올동말동 못 오네요

가을 손

이상범

두 손을 펴든 채 가을볕을 받습니다

하늘빛이 내려와 우물처럼 고입니다

빈손에 어리는 어룽이 눈물보다 밝습니다

비워 둔 항아리에 소리들이 모입니다

눈발 같은 이야기가 정갈하게 씻깁니다

거둘 것 없는 마음이 억새꽃을 흩습니다

풀 향기 같은 성좌가 머리 위에 얹힙니다

죄다 용서하고 용서 받고 싶습니다

가을 손 조용히 여미면 떠날 날도 보입니다

가을 일기

김임순

땅콩은 심을 때가 더 고소한 맛이다

수확은 얼추 반반 두더지와 나눴다

한 움큼 축담에 펼쳐 햇살을 당기는 중

선뜻 하늘 끌고 내려앉는 까치 부부

말쑥한 정장 차림 낯익은 반가움이

잽싸게 땅콩 한입 물고 감나무에 앉는다

멋진 놈 다 먹기야 눈 맞추려 그냥 뒀다

그 꼴을 본 참새가 마뜩잖아 조잘댄다

아침은 무서리 젖고 새들은 분주하다

각북角北

— 잔설

박기섭

봄 온 줄 모르고는 산골짝 바위틈에

떠난 줄 알면서도 맘 깊은 갈피 속에

모질게 남아 붙었네

술지게미

몇 줌

간절곶

한분옥

내 생애 첫 햇살도 저리 붉게 왔을까

차라리 눈부셔라 어머니 단속곳에

탯줄을 끊어낸 아침 핏빛 속에 나를 안고

명줄을 잡아당겨 활을 긋는 순간이다

토할 것 다 토하고 삼킬 것 죄다 삼켜

바다도 산천도 들끓어 출렁이는 첫 울음

갈치

최순향

서울 외진 뒷골목
허름한 식당가

먼 하늘 고향 바다
세네갈 갈치가

도도히
석쇠에 올라
분신하고 있었다

개미

이달균

광활한 대지에
줄지어 선 개미들

분주한 노동의 시간
한 방울 땀도 없이

오로지
쳇바퀴 돌며
수천만 년을 살아왔다

거짓의 옷을 다 벗고

이지엽

거미줄 친 하루 삶이
사막, 또 더한
남루라도

쓸쓸한 겨울 나라
모든 거짓 옷 벗고

홑겹의 동안거冬安居라도
네 시린 입술에 닿고 싶다

겨울 대숲에서

민병도

무명바지 조각조각 허옇게 눈이 남은
겨울 대숲에 서면 서늘한 말씀 들린다
바람이 읽다가 놓친 목민심서 한 구절

나를 비우지 않고 어찌 너를 채우랴
마디마디 갇혀 있는 울음에 귀를 대면
죽간竹簡에 새기지 못한 민초의 피, 뜨겁다

쓰다만 자서전의 쓰다만 목차처럼
서걱서걱 쓰쓰싹싹 읽을수록 캄캄하여
천지간 무릎을 꿇고 혀를 잘근 깨문다

겨울비
— 김만중 생각

박현덕

살을 베듯
가난 베듯

겨울비가 내린다

근본이 무엇인지
잎도 꽃도
지고 말아

어머니 다듬이 소리
화살처럼 박힌다

골목 음표

최성아

시류를 비껴난 길
도, 미, 솔 줍고 있다
상추가 꽃보다 예쁜 낮은 대문 사이로
동화를 막 빠져나온 파랑새도 보일 듯

가녀린 손가락이 온 힘 다해 피워내는
부르튼 하루를 위해 건반을 타는 주문
어둑한 창을 감싼다
아기별도 들겠다

공존

손증호

걷는 모양 다 같다면 무슨 재미있을까

또박또박 걷는 사람

건들건들 걷는 사람

걸음새 서로 달라서 어울려 살만하다.

광장시장

키 높이 밥상들이
인파 속을 헤쳐 간다

고단한 무게만큼
층층 쌓인 뚝배기가

똬리 튼
머리에 올라
아슬아슬 지나간다

무게를 덜어낸
밥상들이 돌아온다

구부러졌던 다리
덜어낸 만큼 펴지고

등 뒤를
힘껏 밀던 바람도
잠시 숨을 돌린다

구두 수선공

백점례

등 굽은 저 사내의 가위질이 능숙하다
작은 창에 어른대는 하늘 한 필 잘라와서
엇나간 각을 자르고 짧은 생각 덧붙인다

무늬만 가죽 같은 비닐 레자 인생사를
지긋이 끌어당겨 헤진 자국 여미는 손
뒤축이 무너질까 봐 못 박기도 결연하다

거칠고 뻣뻣한 버릇 낫낫하게 다잡아서
해 뜨는 세상 속으로 굽 높여 내보내는
지문도 뜯겨져 나간 한 생이 반짝, 빛난다

국수 생각

김계정

부드럽게 휘감겨 쫄깃하게 감쳐드는

가볍게 건져낸 촉촉한 봄비 한 소쿠리

월요일 오후 세 시쯤 멸치 국수 먹고 싶다

비릿한 국물 같은 나른한 점심 눈까풀

혀 아닌 두 눈이 전한 넉넉함에 배부르다면

온종일 내려도 좋을 봄이 와서 좋은 날

단풍 든 가을 밥상 화려한 만찬보다

하얗게 감싸주는 겨울 들판의 소박한 허기

봄볕에 간지러운 풀잎 너를 만나고 싶다

귀뚜라미

올 것은 그냥 둬도 제삿날 오듯 온다

내내 용케 숨었다가 어느새 오고 만다

깜깜한 기억의 골방 반짝 불이 켜진다

지난해 못 다했던 울음 다시 꺼내 운다

한동안 끊은 소식 쫑알쫑알 들먹이다

오래전 듣던 발자국 생각난 듯 뚝 그친다

그대 이름은

권영희

예초기가 바싹 지나가고 나서야
짙은 네 향기도 수런수런 피어났다
저 너른 들판의 주인이 너였음을 알겠다

하루하루 흔들리고 또 하루 위태로워도
거칠고 가파른 길 온전히 살아야 하는
그대는 슬픈 비정규직 풀이라고 부른다

길의 주소

임영석

길들을 중심으로 주소가 바뀌면서
내가 자란 번지수도 길을 따라 사라지고
이제는 기억에서나 번지수가 남아 있다

일본식 번지수가 식상한 밥이라면
미국식 길의 주소 새로운 빵 맛인가
주소를 새로 바꿔도 그 자리가 그 자리다

껍데기를 위하여

이말라

-신발

비 젖은 구두 속에 신문지를 넣으며
내 몸의 무게만큼 깎이어 간 각도를 본다
조밀한 시간의 밀도는 발자국을 따라가고

-옷

빠져나간 몸뚱어리 벽화 되어 보고 있다
나를 떠나 한 시절 정물로나 낡아가며
허접한 직립의 허물 졸가리만 남았다

-그리고

내 몸을 가두거나 나를 끌고 건너던 것
헐렁한 모습과 과적의 나이테로
세월의 갈피에 유배된
속물이여, 껍데기여!

꼬다케*의 노래

최연무

얼마나 타올라서 하늘에
별이라니

얼마나 꿈을 꾸어 이 땅에
꽃이라니

저저저
하루의 뒷모습은
곱디고운 노을이고

* 꼬다케: 사윌 듯 말 듯한 장작불

꽃물나비

봉숭아꽃 뼘을 재는 뚝섬 바람의 집
누군가 감쪽같이 그 꽃잎 훑어갔다
허기진 비둘기 떼가
종종대는 오후에

푸성귀 꼬투리처럼 눈꺼풀 치켜뜨고
속손톱 물어뜯던 서른 살 처녀는 아닐까
강 둔치 거니는 여자들
손끝만 훔쳐본다

그 결에 백발 노파 사뿐사뿐 걸어온다
파랗게 벗갠 하늘로 웃으며 흔드는 손
발 묶인 고치를 벗고
날아가는
나비
떼

나들이

조 안

진안의 순한 봄빛 바람 부는 청명절

섬진강 징검다리께 목을 늘인 오일장

양달에 나물 좌판 벌인 어머니도 거기 있네

아비 잃은 자식들 다독이고 세우느라

터지고 흙 때 낀 손 그 손이 메어준 책가방

달그락 달그락거리며 필통 소리 뛰어오네

내 고향 산청

한번 떠나온 고향은 돌아가기가 쉽지 않네
마음은 늘 고향 냇가 물소리를 듣는데
마음은 늘 그리운 어머니 목소리를 듣는데

바람결에도 마음 귀는 고향으로 기우는데
마음은 늘 울컥 울컥 향수병에 걸려 있는데
돌아만 가고픈 그 곳 갈 길 잃은 것은 아닌데

언젠가 나 돌아가 그 흙내음 맡고 싶어
풀냄새 바람소리 물소리 소쩍새 소리
잊은 듯 되살아오는 그 얼굴 보고 싶어

너도바람꽃

박지현

산등성이 흘기는
그 눈빛이 좋아서

하얀 발목 그을린
그 웃음에 설레서

가던 길 내려놓고서
한나절을 보냈다

산길 에돌아 짐짓
모른 척 해보지만

돌아서면 뒤따라오고
돌아보면 멈춰 선

절벽 끝 흔들어대던
열두 살 그 기집애

네 얼굴

추창호

물안개
자욱한
문수 호반광장에서

지나간 봄날이 또 슬그머니 되돌아와

내 어깨
툭 치는 순간
울컥,
쏟아지는 그리움

노을

김동찬

촛불이 촛불로 불붙여 건너간다

전깃불처럼 단번에 팍 켜지는 게 아니고

서서히
하나씩 옮겨가
그늘까지 품는다

침묵도 읽어내는
그대의 눈빛으로

두 손도 잡아주고
눈물도 닦아주며

번진다

구들이 데워지듯
새벽시장 잔술 먹듯

눈보다 시린 이름

홍진기

오랜만에 남도 땅을 함박눈이 내리 덮네

네 속도 이쯤 되면 제정신이 아니겠지

영원히 못 지울 이름

확, 풀어 터는 걸 보면

설산을 안고 구르다 놓칠 뻔한 이름 하나

아득하고 시린 네 속을 누가 속속 알겠냐만

안으로 쟁여 온 아픔이

어찌 나만 하겠느냐

다대포에서

김일남

남쪽 끝에 큼직이 동그랗게 뜨는 섬

저 가덕도 서쪽 넘어 다도해가 퍼진다

아침엔 갈매기들이 춤을 추고 섬 또 섬

반세기 전 외할머니 그 작은 몸 뒤따라

능주 산소 찾아가 처음으로 올린 큰절

푸르른 하늘 바라보며 나는 그때 열아홉

할머니 흰 옷자락 성하 밑에 나부끼고

여수 떠난 연락선은 멀미 앓는 나를 태워

지금도 이 앞바다 지나 부산항을 향하네

다랭이 마을에 와서

문희숙

여기 사는 동안엔
절벽을 타야 집이 된다
한사코 매달린 집
담쟁이 잎새 같은 집
해풍에 젖은 몸 데워주는
바람 속 펄럭이는 집

파도 소리 칡넝쿨 타고
하늘로 오르는 곳
짧은 해 이마에 와서
단풍물 든 지붕들
벼랑에 뿌리를 묻은
아슬한 쪽배의 집

다시,

최양숙

비탈을 가진 너와
넝쿨을 가진 내가

길이란 길 다 돌아와
쌓아가는 오막살이

이렇게
아픈 더듬이
밤새도록 감아서

단풍 왕조

견고한 철옹성을 삽시간에 제압하고

앞서 간 척후병이 잠겼던 문을 열자

거대한 군중의 함성이 골짜기를 뒤흔들다

다 찢긴 깃발인 양 옹색한 쇠락 앞에

세상은 일순간 홍위병 천지가 되고

가을은 무혈입성으로 새 왕조를 세우다

달빛 내린 강가에서

김혜원

처서가 지나가는 달빛 내린 강가에서
그리운 이 생각하며 다슬기를 잡습니다
뜨끈한 국 한 그릇에 복사처럼 필 그대

밤기운이 온몸을 감싸 안고 한기 돼도
쌉쌀한 듯 단맛 도는 다슬기국 마시고
풀벌레 나직이 울듯이 시를 읊고 싶습니다

당신의 강

이정홍

피 묻은 능선 발아래 허옇게 메말라 가는

밤이슬 맺힌 초병 언 뺨을 훔쳐 내리고

겹도록 가슴 헤집는 당신 강 끝은 어딘가요

달맞이 꽃말 당신 꽃상여 홀로 떠난 날

지난날 별을 보며 살아보자 되뇌던 말씀

그 어디 언제쯤 만나 물새 마냥 사는가요

대

김교한

맑은 바람소리
푸르게 물들이며

어두운 밤 빈 낮에도
갖은 유혹 뿌리쳤다

미덥다
층층이 품은 봉서
누설 않는
한평생

돈 받을 일 아닙니다

서석조

들꽃 환한 한낮이면 문을 걸어 잠갔겠지
내달리는 떼 군중엔 세상없이 울었겠지
밝게 볼 세상을 위해 안경을 다듬기까지

안경다리 고쳐주고 안경집도 하나 주며
─아이구 됐습니다 돈 받을 일 아닙니다
양산의 갤러리안경점 소아마비 그 주인

똥

천성수

겸손한 걸음으로
오직 한길
낮게
낮게

버릴 것 다 버리고
줄 것 다 주고 나면

비로소 자유가 되는 홀가분한 나그네

맹탕도 한 맛이니라

박남식

죽음도 삶의 일부라 버릇처럼 말한 그대

세상사 인연 맺고 끊음이 어렵다는 것

내 오늘 눈치 챘다네

흔들리는 눈빛 보며

밤낮없이 차 즐기던 그대가 없다 해도

혀끝에 감기는 맛 오관을 관통한다

생사를 초월한 이여

맹탕도 한 맛이니라

모델

두마리아

이파리 위로 배추벌레 꼬물

구멍 숭숭 배추 서너 단

약 한나도 안 쳤슈

봐 벌레도 있잖여

무공해 전속 모델유, 야가!

좌판 아줌니 넉살은 백 단

모란꽃 밀서

이석수

젖어버린 한 생각 허공에 내던져서
하늘을 담으려고 터지는 꽃봉오리
숨겨진 그 오랜 비밀도
호랑나비 길이 된다

발바닥 들어 올린 주홍빛 꿈결같이
쇠잔한 몸짓으로 닦아낸 그대의 밤
다시금 앙가슴을 펼쳐
뭇별, 훔쳐본다

바람이 불어와서 내 꿈 흩어 놓아도
벼리지 못한 시간 선혈로 점찍으며
솟구친, 오르가슴 세상
점자처럼 읽는다

모래가 되다

우은숙

무릎 접은 낙타의 겸손에 올라타고

둥근 가슴 몇을 지나 사구砂丘에 도착한 순간

시뻘건 불덩이로 넘는 사막의 꽃을 본다

설렘은 떨림으로 떨림은 두근거림으로

고요마저 삼켜버린 핼쑥한 지구 한 켠

응고된 지난 죄목들 모래 위에 뒹군다

나는 고해성사하는 신자처럼 엎드려

흠집 난 내 영혼을 달래줄 사막에서

모래와 하나가 된다 한 알의 모래가 된다

모반의 봄

권갑하

엄동의 칼바람을 견뎌온 이 누구신가
가문 들녘 눈발이야 넘치는 사치 아니던가

구석엔 빛 보지 못한
신음하는 눈빛들만

주술 걸린 빗방울들 화살처럼 꽂혀오는
바람 홀로 떨고 있는 불임의 가지마다

연둣빛 매복 전사들
창을 들고 일어서는데

꽃도 채 피기 전 번지는 반역의 기운
한바탕 쓸고 가누나 꽃샘바람 시위대들

민심도 멀미를 앓는지
아지랑이 가물가물

무궁화

정유지

바람이 불 지필 때
물결 속 번진 별빛

삼천 개 연등 밝혀
혼불 실어 우는 걸까

희디 흰
나비 떼 따라
또 한 생이 꽃핀 너

물수제비뜨다

오종문

세상에 진 빚 얼마냐
오금 저린 생 견디다

종일 뉘 골라내듯 돌을 골라 팔매치다

젖은 몸 다시 안 젖게
담방담방 뛰어가게

몇 번의 자맥질 끝
아득히 날아간 돌

얻은 것 모두 잃고 강물에 휘둘린 채

짠 눈물 말리는 사이
앞산 높이 걸린 달

물안개 야산

지희선

그대신가
눈 여겨 보면

아슴히
머―언 야산

호오이
불러 봐도

들릴 리
없는 거리

무심한
세월의 물안개
강폭만이 깊어라

바다에게 물린 남해

썰물이 빠져나간 어머니의 봄 바다

개펄 그 끝에서 어린 손에 붙잡힌

먼발치 추억이 찍힌 달랑게 물린 밤

푸른 해무 중년바다 달빛이 출렁인다

남해의 잠 속으로 섬들이 들어오고

방 안을 가득 넘치는 몸을 뉘는 파도소리

박달나무 꽃피다

문순자

박달나무 박달나무 긴 주걱 따라가면
밥 달라 밥 달라는 예닐곱 살 구엄 바다
무쇠솥 처얼썩 철썩
휘젓는 어머니의 노

제천장 좌판에서 그 주걱 또 만났네
한세월 거슬러온 박달재 고갯마루
아버지 낮술에 묻어 '희망가'도 따라왔네

오늘은 김장하는 날, 친정집은 잔치마당
젓갈이며 고춧가루 세상사 휘젓고 나면
한겨울 긴 주걱 끝에
덕지덕지 피는 꽃

배롱꽃 피고 지고

안주봉

게양대 곁에 선 간지럼 타는 나무들
불가마 여름날에 서늘한 꽃 피어낸다
수관을 다 훑어냈나 멍울멍울 피멍울

해종일 펄럭이는 눈부신 저 깃발들
꽃가지 겹친 사이 붉은색 만장이다
죽어서 꽃이 될 사람, 흰 깃발만 기다리고

꽃그늘에 찾아오면 그 사람 미워마라
하혈 저리 홍건한 발아래 꽃잎 꽃잎들
천 갈래 꽃등의 행렬, 석 달 열흘 장엄하다

백합의 노래

김일연

그 어떤 칼날로도 너를 열 수가 없어

연한 소금물 속에 가만히 담가놓았지

세상의 이슬방울 속에 노래를 담가놓았지

범종梵鐘 소리

노중석

산그늘 앉았던 자리 찬바람이 지나가고
깔리는 어둠 속을 수숫대 서걱인다
허공에 묻어둔 말씀 귀 기울여 듣는 시간

길 건너 아파트 창에 머물다 가는 석양
저문 해의 마지막 달력을 떼어내고
구겨진 깊은 산 속에 눈이 내려 쌓인다

아직 개봉 되지 않은 저 순수의 풍경 속에
꽃향기며 새소리며 수를 놓고 있는 손길
은은한 범종 소리만 이 적막을 건너간다

벚꽃 안단테

강지원

소도시 인력 시장 인부와 길고양이
밑그림 그려가다 연필심 부러뜨렸고
함바집 늙은 벚나무 곰비임비 뻗는다

우회로 떠나온 길 재촉하는 밤비 소리
불혹 넘은 아들놈 제짝이나 꿰찼으면
저 은발 머리맡으로 습작처럼 봄은 오고

아파트 입주 알린 흐드러진 꽃잎 편지
체불 임금 들왔을까 빈 통장 찍어보던
도배공 박씨 아재가 눈 비비며 가고 있다

보성 차밭

김춘기

연주는
필하모니에서
악보는 보성 차밭

오선을
줄줄이 그은
차밭 이랑 보표 위에

관객은
콩나물 음표
환호 합주 무대다

봄빛 밥상

이승현

우수쯤 오는 빗소리는 달래빛을 닮았다

그 파장 촉촉함에 환해지는 동강할미꽃

온 들녘 향긋한 밥상을 받아 안는 시간이다

몇 차례 마실 오실 꽃샘추위 손님꺼정

서운치 않게 대접하려 분주한 새아씨 쑥

제 몫의 밭두렁만큼 연두초록 수를 놓고

웃방에서 아랫방으로 겨우내 몸살 하시던

팔순 어머니는 냉잇국에 입맛 다실 때

쪼로롱 구르는 물방울 봄노래를 품는다

봄빵

배경희

밀가루에 설탕을 조금씩 집어넣고
봄빛 한 스푼과 구름의 효모까지
최대한 잘 반죽해서 햇빛 이불 덮어둔다

두 눈이 숨죽이다 두 귀가 끓었을 때
봄봄봄 꽃사태가 한가득 몰려오듯
봄날은 온갖 빵틀에서 색색으로 부푼다

어린 날 엄마 냄새 데려오는 빵의 시간
새콤달콤 쌉쌀하게 격렬하게 포옹하듯
사르르 녹아내린다 오월의 꽃폭설이다

비와야 폭포*

박홍재

평소에 다소곳이 수줍은 듯 말이 없다
비 오면 환한 웃음 제 모습 드러내며
바가지 물을 끼얹듯 비가 와야 폭포다

날마다 끊임없이 쏟아내는 음성보다
어쩌다 굵고 짧게 외마디 절규처럼
내 할 일 해치워낸다. 비가 오면 거뜬하게

한소끔 받은 빗물 허공 어깨 내린 순간
물길을 내느라고 산이 잠시 멈춰 서고
한 마디 던져주는 말 벼랑 아래 길을 낸다

* 태백시 장성 마을 황지천 위 육백 고지에 있는 폭포 이름

사과의 배꼽

류미야

나무에 매달린 건 아직 사과가 아니네
그것은 가지가 피운 단지 하나의 정념情念
나무의 거친 생각이
부끄럽게 익어가네

탯줄을 끊고서야 비로소 사과이네
'나무'도 '열매'도 아닌 오직 한 알의 사과!
저 배꼽, 힘찬 결별이 사과를 만들었네

사소함에 대하여

김의현

빙하기를 건너는데 바늘이 큰 힘이었대

누덕누덕 이어 붙여 서로를 살게 한 것

작아서 사소했을 뿐 쓸모없진 않은 거지

첫눈이 지나갔네, 오는 것을 못 봤으니

불시에 녹아 버린 눈발들 아쉬워도

어느 날 운명의 손이 기회를 가져오지

산안개

권천학

너의 그 짧은 생애 나 어찌 모르겠니
햇살은 칼날이고 눈부심은 찰나임을
새기며 살고 있으니 막지마라 내 앞길

삶은 매일매일 슬픔을 먹인다

오승희

길가에 스치는 돌멩이도 슬픈 날
회화나무 등진 골목 어둠이 내리고
고단한 스텐 양푼에 저녁쌀을 씻는다

저 멀리 빼곡한 아파트 불빛 밝은데
나 하나의 불빛은 어디에 켜진 걸까
태양도 내 편은 아니야
반지하 셋집에서

어디로 가는 걸까 대차대조 없는 세상
남쪽 가지 끝에 걸린 꿈이라도 난 좋아

한 평의 허망한 안식
밥물은 끓어오르고

삼랑진역

이우걸

낙엽이 쌓여서

뜰은 숙연하다

노인 혼자 벤치에 앉아

안경알을 닦는 사이

기차는 낮달을 싣고

어디론가 가고 있다

서천

박명숙

누군가 냇가에서 빨래를 하나 보다

주저앉아 몸 깊은 곳 소식을 씻나 보다

콸콸콸, 노을 쪽으로 여름날이 넘어가는데

그 여름날 살 속 깊이 칼집이 들어선 듯

쓰라린 소식들을 저물도록 치대나 보다

적막한 서천 물소리 대숲을 구르나 보다

석류

이두의

그대 향기 못 견디게
내 가슴을 차고 넘쳐

알알이 영근 속내
새금새금 드러내고

빨갛게
들끓던 침묵
사랑으로 쏟아낸다

선인장

인은주

혼들리지 않으려고 두 손을 버렸는데

구걸하지 않으려고 입술을 닫았는데

온몸에 눈물도 없이 가시가 돋았다

더 울지 않으려고 두 눈을 감았는데

아프지 않으려고 너를 자꾸 밀었는데

세상은 햇빛도 없는 사막이 되어 갔다

설화리

이숙경

나뭇잎 저버리자 이름도 저버렸다

잔별을 솎는 바람 무뎌지는 새벽녘

떨켜에 아로새기는 묵언만 준열하다

팔랑귀 여과되어 오지게 그리운 것들

등걸처럼 굳어진 차디찬 땅심으로

눈보라 퍼붓는 날에는 속속들이 돌아왔다

세상에서 가장 두려운 것

최연근

쪽팔리는 눈물은
흘리지 말아야지

깽판 치고 태클 거는
뿔 단 세상 일진대

그까짓 티끌 같은 자존심
지구 축을 흔든다

소나기

이상야

허겁지겁 달려 와
흠뻑 젖 먹여 놓고

가슴 여밀 시간도 없이
뒷정리도 다 못하고

또 간다,
머리에 함지박 이고
새참 나갈 시간이다

손해도 볼 줄 알고

김선희

가짜가 진짜에게 시비를 걸어온다

가타부타 시시비비 따져서 무엇하랴

진실은 드러나는 법, 오래 두고 볼일이다

혼돈으로 헝클어진 세상일을 건너려면

마음 틈새 미세 먼지 걸러야 한다는데

하루치 일기를 쓰며 바보 마음 닦는다

쇠뿔에 등을 걸고

오승철

달도 별도 반딧불도 불을 끈 밤이었다지
온종일 돌염전을 일구던 엄쟁이 박씨
밥 한 술 뜨는 둥 마는 둥
소 끌고 또 나섰다지

아, 글쎄 그 양반이
육십 고개 넘어서야
난생 처음 제 이름에
산밭뙈기 산 뒤부터
쇠뿔에 등 걸어놓고 밭갈이를 했던 거라

받아라, 막걸리 잔
소랑 그가 대작했다지
오늘 문득 애월에 와
그 말에 나도 취해
등짝에 등댓불 걸쳐 난바다나 갈고 싶다

슬픈 편대

정수자

허공을 찢으며 우는 기러기 떼 발톱이여

멀건 국물에 뜬 노숙의 눈발들이여

한평생 오금이 저릴 저 강변의 아파트여

쑥향

유　헌

에움길 휘더듬어

예까지 왔는데

파릇한 봄 한 철

누려보지도 못한 생生

여인의

단칼에 밴 쑥향,

향긋한

어느 환생

앉은뱅이꽃

김연동

여리고 작은 꽃이 시워하듯 피고 있다

흐린 하늘 한 모서리 깨끗이 닦고 싶어

궐기한 사람들처럼

무리지어 피나 보다

저만치 비켜서서 혼자서 피는 꽃도

먼 듯 가까운 듯 저 꽃 속 꽃이 되어

서로가 젖어 우는 날

꿈꾸고 있나 보다

어느 병실

고해자

동안거에 들었는지
묵언수행 어느 병실
병상 이름표마다 나이가 88세다
아흔 살 내 어머니도
팔팔한 동갑내기다

회진이 끝나자마자
다리 깁스한 할머니
마치 기다렸다는 듯 노래자랑 제안한다
삽시에 전염병 돌듯 어깨를 들썩인다

온종일 잠만 자던 치매 환자 김씨 할머니
선소리 이어받듯
'노세 놀아 젊어서 놀아~~~'
아이돌 가수 뺨치게
엉덩이도 흔들어댄다

에펠탑

정희경

어릴 적 잃어버린 아버지의 사다리
먼 시간을 달려와서 세느강에 서 있다
별 하나 따러 가셨던 내 유년의 아버지

폴 고갱을 그리다가 몽마르뜨에 잠든 날들
화폭을 가득 채운 현란한 색채 너머
쌀 한 줌 일상의 기도는 당도하지 않았다

불 켜진 사다리에 도시는 별이 뜬다
녹이 슨 계단 따라 삐걱이는 세느강
벽면의 풍경화 한 점 사다리를 오른다

연장전

신필영

패배자를 가려내라,
관중은 매몰차다
근엄한 신의 뜻인 양
쿵쿵 발을 구르며

눈물로
쓰러지는 쪽을
꼭 보겠단 저, 속셈

왕궁에서 한나절

손영희

빈손에 습기만 가득했던 왕궁 터에

까만 맨발 끌고 오는 붉은 탁발 행렬

봉지에 무엇을 담아 공손히 드릴 것인가

황금 탑 빛바랜 그림자만 자꾸 들춰보는데

햇살이 북적거리며 유흥을 즐길 뿐

음지에 한 끼의 기적이 민들레처럼 수줍다

이슬비

권영오

먼 곳의 누가
손톱을 깎는지

토란잎 같은 하늘
톡톡톡 두드리며

비 오네
소쿠리 가득
푸성귀 얹는 소리

일곱 빛깔

김선화

어머니는 혼신을 다해 그릇을 만드셨다

그중 하나는 별이 되어 우리를 지켜주고

나머지 여섯 그릇은
덧칠을 하고 있다

금이 간 그릇은 자꾸 눈물을 쏟고

잘 닦인 그릇은 반짝, 주위를 밝혀준다

명절엔 제 빛으로 서로
벌어진 틈을 메운다

일출

황삼연

파도의 잘게 치는 난타에 호응하여
또 한 번 수평선은 양수를 터뜨린다
몸으로 외치는 긴장 깊게 삼킨 첫울음

산통에 요동치던 노을도 흩어지고
저리도록 눈부신 숭고한 행보에
수평선 찢어진 상처 순식간 아물어간다

달라져야 한다는 나아져야 한다는
목숨을 건 기도는 아닐지 모르지만
간절함 하나만으로 어제를 잇는 지금이다

작은 평화
— 동두천 1

복달임에 지친 한낮 평상도 늘어지고

팽나무 그늘 아래 누렁이 팔자 좋네

솔바람 비단길 건너 편안하게 주무신다

솔안골 늙은이들 장날에 복거리 가고

뜨신 물에 발을 담근 올벼도 겨운 한 낮

개 사요! 개애 삽니다 확성기만 떠들고 갔다

잔잔한 눈길

홍성란

잔잔한 냉이 꽃이
풀밭 위에 아름다운 건

바람 가는 대로 흔들렸다, 흔들려서가 아니다

날 따라
냉이 꽃무리도 흔들리기 때문이다

장미꽃 엄마

김 정

장미꽃 넌출 넌출
고개를 내밀고 있다

텅 빈 집 누가 올까
가시로 울을 치고

뜰 안을
넘보던 햇빛
숨죽이는 한낮에

한때는 울 엄마도
불꽃같은 장미였다

한 잎 한 잎 눈부셨던
빨간 루주 꽃잎 입술

바람이
다 훔쳐 가고
휘인 등뼈 가시만

접시꽃

박권숙

낮달을 이마에 올린 수녀원 담을 따라

오후의 기울기가 쓸쓸해진 네 시 무렵

금이 간 그리움처럼 빈 접시가 붉었다

바람의 무게 중심이 바뀔 때마다 휘청

받쳐 든 절대 고독 반쯤 쏟다 남은 자리

또다시 붉게 고이는 여름 적막 한 접시

좁은 문

이송희

문 앞과 건물 밖에 길게 줄 선 사람들
줄 밖으로 밀려난 시간의 기슭에는
더 낡은 이력서들만 첩첩이 쌓여가고

열릴 듯 닫혀버린 좁은 문 앞에서
몇 번을 넘어지고 몇 번을 울었던가
줄무늬 정장을 입은 그들이 출근한다

종鐘

한분순

섥어서 섥지 않은 은회색 강이었던가

날개듯
비늘이듯
늦겨울의 속살 속에

돌아와 꽃물을 드리우네
일만—萬 꽃물 드리우네

주문진

강현덕

바람이 미는 파도 파도가 미는 파도

밀리고 밀리다가
밟혀서 죽는 파도

곡쟁이 흰 물새들이
상주보다 서럽다

패각 닫힌 조개
일찌감치 닫힌 세상

그 문에 들지 못하고
서성이던 사람들

먼 데서 밀리고 밀려 여기까지 온 사람들

질문나무

김소해

필시 무슨 연이 닿았음이 분명하지

수목원 산책길에 아왜나무 이름표, 찡긋

내 속에 해답 없는 질문 그득한 줄 어찌 알고

아-왜 아-왜 산다는 게 기껏 질문뿐인 것을

수천수만 푸른 귀가 열리면서 꺼덕이면서

질문도 아닌 질문들 얽히다가 풀릴 때

찬밥

이분헌

낯익은 풍경이야, 때때로 그래 왔던

주방 한 켠 앉으려니 성가신 장식이래

목덜미 덥석 잡혀선

냉장실로 처박히는

꽉 닫힌 뚜껑 안에 숨조차 쉴 수 없다

창백한 얼굴빛은 누룩처럼 떠버리고

실직한 어느 골방에선

식어서도 꽃인 것을

처용 탈을 벗다

조경애

처용에게 탈이 없다
엿볼 슬픔도 떠나고

벗어도 감추어도
진실은 하나다

새로운 사랑의 춤사위
자유가 거기 있다

첫

조명선

꽃가루 깊게 번진
내 사랑은 가렵다

한순간 피었다 지는
'첫' 따윈 몰라도 좋다

꽃물로 돌고 또 돌아 허공을 긁더라도

청춘 고시원

김동관

부패한 방에 남긴
여름을 들어낸다

제 홀로 몸 뒤척이다
누름 꽃 피운 자리

싸구려 쓴 알약들이
난민처럼 떠돈다

테니스 공公에게

이소영

윈지 공公에게 바친 둥그런 한 생을
아버지 공손하게 의자 다리에 끼우시면
힘차게 날던 시간들
든든한 고요를 낳고

삶의 더께 떼어내듯 공 먼지 제거할 때
버석버석 소리 날 듯 내려앉는 등뼈 위로
아버지 생의 기울기가
조용하게 저문다

파

조홍원

내가 독하다구?

뜨겁게 사랑해봐!

내 마음 달달하게 풀어지며 다가서지

뜨끈한 해장국처럼 당신 속도 풀어주지

팥죽

이승은

홍시 빛 늦가을이 엷게 번지는 하오

광장시장 노점에 앉아 서넛이 먹는 팥죽

달그락 수저 소리에 잔 그늘이 비껴간다

젊은 날 속 끓이듯 팥물도 끓었으리

이래저래 반을 놓치고 퍼져버린 쌀알 속에

헤아려 살아 간 날들이 옹심이로 떠 있다

퍼펙트

이정환

나는 이 봄날에 몹시 몸이 달아올라
오래 기다렸던 퍼펙트를 노래하련다

참으로
이루기 힘든
너를 노래하련다

11점에 당도할 동안 한 점도 얻지 못하면
그 세트는 퍼펙트다 네가 내게 늘 그랬다

한 점도
얻지 못한 나는
깊은 어둠이었다

나는 이 봄날에 자목련을 그리려 한다
한번 피고 나면 곧장 지는 너의 얼굴

눈 속에

심부의 안쪽에
새겨두기 위해서다

만개 직전이 곧 자목련의 퍼펙트다
그런 연후에는 내리꽂히는 급전직하

떠나는
너의 뒷모습도
늘 슬픈 퍼펙트다

풀밭 속의 체위

윤금초

털진득찰 깨운 햇살 나절가웃쯤 노닌 뒤끝

네잎갈퀴 꽃대 위에 묶음으로 곤두박인다.

한 마리 큰밀잠자리 그걸 품고 명상이닷!

허수어미

이남순

각중에 업퍼져서 밤중에 실꼬 안 왔나
죽을 고비는 능갓다, 걱정해 쌌지마라
그래도 막죽일랑가 반공일날 댕기가라

젊은 날 오만바람 다 품었던 너거 아베도
지집 둘 간수하느라 그 창시가 성했겠나
머시마 그기 머시라꼬 아깐 세월 다 보내고

아들 복은 엄써도 죽을 복은 이씰 끼다
삭은 짚불 꺼지드끼 자는 잠에 가뿔모는
에미도 따라부칠란다 당최 길눈 어더봐서

헌다獻茶
— 서대문형무소에서

정도영

크고 작은 사방 집집 해를 받쳐 환한 나절
백 년을 서성이다 문패 버젓 새긴 여기
마음껏 하늘을 바라 긴 숨을 토합니다

아팠던 자국에선 장미가 피어나고
호명의 긴 메아리가 잎을 물고 들썩여서
영령은 별나라의 별 한잔 차 풀빛입니다

혼자 차 마시기

백이운

차를 머금어 빛나는 찻잔의 몸만큼

찻상 유리면 속에 빛나는 잔 그림자

내면이 저쯤은 돼야, 탄복하는 되풀이

혼자 차 마시기는 사라짐의 되풀이

기억 속에 각인된 달의 지문을 지우며

누군가 쓸고 닦은 길 달팽이가 기어가듯

홍매

김강호

취한 듯 야들하게
시스루 입고 온 봄

바람에 얼비치는
연분홍 유두 좀 봐

어머머,
어쩌면 좋아

돌담에
숨는 여인

회나무 쪽샘

김정수

물에도 맛이 드나 소박한 꽃이 피면
혀끝을 자극하는 어머니 젖 내음이
한 쪽박 달콤한 약수 눈을 감고 마신다

휴대폰교

김창근

신이 없다고 누가 감히 말하는가

언제 어디서나 지극정성 예배하는

열렬한 저 신흥 종교의 신도들을 보라

첨단 경전을 잠시도 손에서 놓지 않고

신나게 손가락으로 짚어보고 넘겨가며

주위는 아랑곳없이 넋 나간 듯 들여다보는

신의 음성 놓칠세라 연결선을 귀에 꽂고

접신을 했는지 실실대며 웃다가

뭐라고 중얼거리며 통성 기도 바쳐대는

흑백사진

― 외출

정해송

앵두나무
꽃 핀다고
봄바람이 알린 거라

남천 마을 풍경 걸린
액자 속을 나선 여인

그날에
나부낀 그리움
시오리길 찾아 간다

강지원 jwstar17@naver.com 2010년 전국시조백일장 장원, 2013년 《시조시학》 등단. 시조집『잡화살롱』.

강현덕 river412@naver.com 1994년 중앙일보 지상백일장 연말장원 등단. 시조집『첫눈 가루분 1호』외.

고해자 gujelcho@hanmail.net 2007년 영주일보 신춘문예 수필, 2018년 《시조시학》 등단.

권갑하 sitopia@naver.com 1992년 조선일보와 경향신문 신춘문예 등단. 시조집『외등의 시간』외.

권영희 kkachi64@hanmail.net 2007년 《유심》 등단. 시조집『오독의 시간』외.

권영오 chmargaux@hanmail.net 2005년 《열린시학》 등단. 시집『귀향』외.

권천학 impoet@hanmail.net 1991년 《현대문학》 등단. 시집『노숙』외.

김강호 poet1960@hanmail.net 1999년 동아일보 신춘문예 등단. 시조집『팽목항 편지』외.

김교한 1966년 《시조문학》 등단. 시조집『도요를 찾아서』, 『잠들지 않는 강』외.

김계정 suda0917@naver.com 2006년 《나래시조》 등단. 시조집『눈물』.

김동관 dgkim0505@hanmail.net 2011년 《나래시조》 등단.

김동찬 soloktc@hanmail.net 1993년 미주 한국일보 등단. 시조집『신문 읽어주는 예수』.

김소해 sohe1333@hanmail.net 1983년 《현대시조》 천료, 1988년 부산일보 신춘문예 등단. 시조집『치자꽃 연가』외.

김선화 white3009@hanmail.net 2006년 《유심》 등단. 시조집『네가 꽃이

라면』외.

김선희 sunheek3@hanmail.net 2001년 《시조세계》 등단. 시조집 『늦은
편지』외.

김연동 kyd9312@hanmail.net 1987년 경인일보 신춘문예 등단. 시조집
『낙관』외.

김일남 spfm6629@key.ocn.ne.jp 2006년 《시조생활》 등단. 시조집 『한
국시가춘추』

김일연 ilyeon2003@hanmail.net 1980년 《시조문학》 등단. 시조집 『엎
드려 별을 보다』외.

김임순 soonplip@hanmail.net 2013년 《부산시조》, 《시와 소금》 등단.
시조집 『경전에 이르는 길』외.

김양희 hope-hi@hanmail.net 2016년 《시조시학》 등단.

김의현 fogg01@hanmail.net 2002년 《시조세계》 등단. 시조집 『저 붉은
그늘의 힘』.

김정 jjkim8@hanmail.net 2004년 《현대시조》 등단. 시조집 『문자 실루
엣』외.

김정수 kimsi1002@hanmail.net 2013년 《화중련》 등단. 2014년 국제신
문 신춘문예 당선. 시조집 『거미의 시간』외.

김창근 gcgun@hanmail.net 2007년 《현대시학》 등단. 시조집 『푸르고
질긴 외뿔』.

김춘기(경남) seuge@hanmail.net 1991년 《현대시조》 등단. 시조집 『만
림산기』.

김혜원 kimai77@hanmail.net 2009년 《시조세계》 등단.

노중석 jsroh108@hanmail.net 1983년 서울신문 신춘문예 등단. 시조집
『꿈틀대는 적 막』외.

두마리아 dabakmam7@naver.com 2017년 《좋은시조》 등단.

류미야 miah99@naver.com 2015년 《유심》 등단. 시조집 『눈먼 말의 해
변』.

문순자 barang2018@hanmail.net 1999년 농민신문 신춘문예 등단. 시조집『아슬아슬』외.

문희숙 moredeng@hanmail.net 1996년 중앙일보 지상백일장 연말장원 등단. 시조집『짧은 밤 이야기』외.

민병도 mbdo@daum.net 1976년 한국일보 신춘문예 등단. 시조집『바람의 길』외.

박권숙 mariapks@hanmail.net 1991년 중앙일보 지상백일장 연말장원. 시조집『뜨거운 묘비』외.

박기섭 haengongdang@hanmail.net 1980년 한국일보 신춘문예 등단. 시조집『각북』외.

박남식 yogasb@hanmail.net 2005년 《시조세계》등단. 시조집『길잡이의 노래』외.

박연옥 realwing@naver.com 2006년 중앙일보 신인문학상 등단. 시조집『모음을 위하여』외.

박명숙 pms5507@daum.net 1993년 중앙일보 신춘문예 등단. 시조집『어머니와 어머니가』외.

박지현 haelim21@hanmail.net 2001년 서울신문, 부산일보 신춘문예 등단. 시조집『흔적』외.

박현덕 poet67@hanmail.net 1987년 《시조문학》등단. 시조집『야사리 은행나무』외.

박홍재 taeyaa-park@hanmail.net 2008년 《나래시조》등단. 시조집『말랑한 고집』.

배경희 ybkyungh@hanmail.net 2010년 서울신문 신춘문예 등단. 시조집『흰색의 배후』외.

백이운 sijosegye@hanmail.net 1977년 《시문학》등단. 시조집『어쩌됐던 파라다이스』외.

백점례 rudwn1220@hanmail.net 2011년 매일신문 신춘문예 등단, 시조집『버선 한 척』외.

서석조 chilam3@hanmail.net 2004년 《시조세계》 등단.『바람의 기미를 캐다』외.

손증호 hosooson@hanmail.net 2002년 《시조문학》 등단. 시조집『달빛 의자』외.

손영희 chealsu9@hanmail.net 2003년 매일신문 신춘문예 등단. 시조집 『지독한 안부』외.

신필영 pil0703@naver.com 1983년 한국일보 신춘문예 등단. 시조집『우회도로입니다』외.

안주봉 aan6061@gmail.com 2011년 대구시조 전국시조공모전 장원, 2012년 《시조21》 등단.

오승철 osc3849@empas.com 1981년 동아일보 신춘문예 등단. 시조집 『터무니 있다』외.

오승희 negidung8ja@naver.com 2013년 《유심》 등단. 시조집『슬픔의 역사』.

오종문 ibook99@naver.com 1986년 사화집 《지금 그대로 여기》 등단. 시조집『오월은 섹스를 한다』외.

우은숙 kangmulcc@hanmail. net 1998년 동아일보 신춘문예 등단. 시조집『붉은 시간』외.

유 헌 yoohoun@naver.com 2011년 《월간문학》 2012년 국제신문 신춘문예 등단. 시조집『받침 없는 편지』.

윤금초 copytown@hanmail. net 1966년 공보부 신인예술상, 1968년 동아일보 신춘문예 등단. 시조집『뜬금없는 소리』외.

이광 lkanok@nate.com 2007년 국제신문 신춘문예 등단. 시조집『바람이 사람 같다』외.

이남순 manbal6237@hanmail.net 2008년 경남신문 신춘문예 등단. 시조집『그곳에 다녀왔다』외.

이달균 moon1509@korea.kr 1995년 《시조시학》 등단. 시조집『늙은 사자』외.

이두의 dmsqlcanfdudnf@hanmail.net 2011년 《시조시학》 등단.

이말라 treeye61@hanmail.net 1988년 《시조문학》 등단. 시조집 『말을 보다』 외.

이분헌 lbh2@hanmail.net 2006년 《시조문학》 등단.

이서원 hellowlee@naver.com 2008년 부산일보 신춘문예 등단. 시조집 『뙤창』 외.

이상범 1963년 《시조문학》 천료,1965년 조선일보 신춘문예 등단. 시조 집 『신전의 가을』 외.

이상야 15725@hanmail.net 2004년 《문학사랑》 등단. 시조집 『풍경소리』.

이석수 less79@hanmai.net 2014년 《서정과 현실》 등단.

이소영 leosm@naver.com 2014년 《유심》 등단.

이송희 poetry2003@naver.com 2003년 조선일보 신춘문예 등단. 시조집 『아포리아 숲』 외.

이숙경 soojiya65@hanmail.net 2002년 매일신문 신춘문예 등단. 시조집 『파두』 외.

이승은 jini-221@hanmail.net 1979년 전국민족시백일장 장원 등단. 시조 집 『꽃밥』 외.

이승현 towoo54@hanmail.net 2003년 《유심》 등단. 시조집 『빛 소리 그 리고』 외.

이우걸 leewg1215@hanmail.net 1973년 《현대시학》 등단. 시조집 『이 우걸 시조전집』 외.

이정홍 honglee555@hanmail.net 2009년 경남신문 신춘문예 등단. 시조 집 『허천뱅이별의 밤』 외.

이정환 jhwanl@hanmail.net 1978년 《시조문학》 천료,1981년 중앙일보 신춘문예 등단. 시조집 『오백년 입맞춤』 외.

이지엽 poetry111@naver.com 1984년 경향신문 신춘문예 등단. 시조집 『내가 사랑하는 여 자』 외.

인은주 amorein@hanmail.net 2013년 《시조시학》 등단. 시조집 『미안한

연애』.

임영석 imim0123@naver.com 1985년 《현대시조》 등단. 시조집『고양
이 걸음』외.

장은수 esooo@hanmail.net 2012년 경상일보 신춘문예 등단. 시조집『서
울 카라반』외.

정도영 doyoung5133@hanmail.net 2009년 경남시조 백일장 장원, 《시
조세계》 등단.

정수자 jookbee7@hanmail.net 1984년 세종숭모제전 전국시조백일장 장
원 등단. 시조집『비의 후문』외.

정용국 yong5801@hanmail.net 2001년 《시조세계》 등단. 시조집『난 네
가 참 좋다』외.

정유지 jnc2560@hanmail.net 1991년 《월간문학》 등단. 시조집『꽃과 언
어』외.

정해송 jhs-wb@hanmail.net 1978년 《현대시학》 등단. 시조집『바람 변
주곡』외.

정희경 gmlrudj@hanmail.net 2008년 전국시조백일장 장원, 2010년 《서
정과 현실》 등단. 시조집『지슬리』외.

조경애 moodcho@use.go.kr 2001년 《현대시조》 등단. 시조집『나를 부
르는 목소리』외.

조명선 myangsean@edunavi.kr 1993년 《월간문학》 등단. 시조집『하얀
몸살』외.

조 안 lkwnd817@hanmail.net 2012년 《유심》 등단, 시조집『지구에 손
그늘』.

조홍원 cohowo54@hanmail.net 1999년 《월간문학》 등단. 시조집『순
환, 그리고 소리』.

지희선 heesunch@yahoo.com 1998년 《현대시조》 등단.

천성수 chss52@hanmail.net 2005년 《부산시조》 등단. 시조집『바다로
가는 길에서 부르던 노래』외.

최성아 chp3360@hanmail.net 2004년 《시조월드》 등단. 시조집『부침개 한 판 뒤집듯』외.

최순향 hajung1020@hanmail.net 1997년 《시조생활》 등단. 시조집『옷 이 자랐다 』외.

최양숙 soosunha61@hanmail.net 1999년 《열린시조》 등단. 시조집『활 짝, 피었습니다만』외.

최연근 root47@kbs.co.kr 1992년 충청일보 신춘문예 등단. 《시조문학》 등단. 시조집『춤을 추어라』외.

최연무 iboiso@gmail.com 1993년 《시와 시론》 등단. 시조집『하늘 저리 흰 까닭은』.

최영효 porvenir@hanmail.net 2000년 경남신문 신춘문예 등단. 시조집 『노다지라예』외.

추창호 changhochoo@hanmail.net 1996년 《시조와 비평》 2000년 부 산일보 신춘문예 등단. 시조집『아름다운 공구를 위하여』외.

하순희 h-jongsori@hanmail.net 1989년 《시조문학》 천료. 1991년 경남신 문,1992년 서울신문 신춘문예 등단. 시조집『별 하나를 기다리며』 외.

한분순 bshan3@naver.com 1970년 서울신문 신춘문예 등단. 시조집『실내 악을 위한 주제』외.

한분옥 hanbo1234@hanmail.net 2004년 《시조문학》 천료. 2006년 서울 신문 신춘문예 등단. 시조집『꽃의 약속』외.

홍진기 hongsari@hanmail.net1979년 《현대문학》,1980년 《시조문학》 등단. 시조집『빈 잔』외.

홍성란 hhsunshine@naver.com 1989년 중앙시조 백일장 등단. 시조집 『애인 있어요』외.

황삼연 sky1hsy@hanmail.net 2009년 《시조세계》 등단. 시조집『설일』

국민과 함께, 세계인과 함께 하는
세계시조시인포럼의 책

Vol.001

『Hello 시조』

바르고 아름다운 현대시조 100선

(2015, 고요아침)

Vol.002

『시조, 옷을 입다』

세계시조시인포럼 엔솔로지 ①

(2015, 고요아침)

Vol.003

『시조, 달리다』

TBN 교통방송과 함께

(2016, 빛남)

Vol.004

『시조가 뭐꼬』

우리시대 명사들이 읽은 시조

(2017, 고요아침)

Vol.005

『아름다운 飛翔』

TBN 교통방송과 함께(시조, 달리다 2집)

(2017, 고요아침)

Vol.006

『Hello 시조 2』

국민과 세계인에게 드리는

바르고 아름다운 현대시조 100선

(2018, 고요아침)

바르고 아름다운 현대시조 100선

Hello 시조 2

초판 1쇄 발행일 · 2018년 09월 05일
초판 2쇄 발행일 · 2018년 10월 01일

엮은이 | 세계시조시인포럼(대표 최연근)
펴낸이 | 노정자
펴낸곳 | 도서출판 고요아침
편   집 | 이양구, 김남규

출판 등록 2002년 8월 1일 제 1-3094호
03678 서울시 서대문구 증가로 29길 12-27 102호
전화 | 302-3194~5
팩스 | 302-3198
E-mail | goyoachim@hanmail.net
홈페이지 | www.goyoachim.com

ISBN 979-11-88897-58-2(03810)